ALFAGUARA

ALFAGUARA INFANTIL

1974, ELSA BORNEMANN
C/O GUILLERMO SCHAVELZON Y ASOC. AGENCIA LITERARIA
info@schavelzon.com

De esta edición

ALFAGUARA

2001, Aguilar, Altea, Taurus, Alfaguara S.A.
Av. Leandro N. Alem 720 (C1001AAP), Ciudad Autónoma de Buenos Aires

ISBN 10: 987-04-0047-7
ISBN 13: 978-987-04-0047-9
Hecho el depósito que marca la Ley 11.723
Libro de edición argentina.
Impreso en México. *Printed in Mexico*

Primera edición: julio de 2001
Sexta reimpresión: julio de 2004
Segunda edición: febrero de 2005
Cuarta reimpresión: enero de 2008

Edición: María Fernanda Maquieira
Diseño de la colección: Manuel Estrada

Una editorial del grupo **Santillana** que edita en:
España • Argentina • Bolivia • Brasil • Colombia • Costa Rica • Chile
Ecuador • El Salvador • EE.UU. • Guatemala • Honduras • México
Panamá • Paraguay • Perú • Portugal • Puerto Rico
República Dominicana • Uruguay • Venezuela

Bornemann, Elsa
    Cuadernos de un delfín. - 2 ° ed. - Buenos Aires : Aguilar, Altea, Taurus,
Alfaguara, 2005.
    136 p. ; 20x12 cm. – (Serie naranja)

    ISBN 987-04-0047-7

    1. Narrativa Infantil Argentina. I. Título
CDD A863.928 2

Cuadernos
de un delfín

Elsa Bornemann

Ilustraciones de Sara Sedran

ALFAGUARA

*A mi papá, personaje de cuento
arrojado a la vida.*

PRÓLOGO

Estos cuadernos que vas a leer son la fiel traducción al idioma castellano del diario de un delfín que –aunque húmedo– llegó hasta mi escritorio impulsado por una ráfaga del viento de la buena suerte, bajo la factura de varios casetes de cintas magnetofónicas que de inmediato coloqué en mi grabador con el propósito de enterarme de su contenido.

Al principio, sólo percibí chasquidos, silbiditos intermitentes, chirridos quejumbrosos, una especie de débiles ladridos y gemidos extraños. No me desanimé. Al contrario. Volví a escuchar las cintas una y otra vez, por espacio de siete años.

Con la valiosa colaboración de un grupo de investigadores, me fue posible clasificar los numerosos y variados sonidos emitidos por el delfín, tras ser transformados en figuras luminosas que posteriormente se fotografiaron en placas.

Poco a poco fuimos descifrando esas placas. Ello me permitió ir confeccionando –muy trabajosamente– el PRIMER DICCIONARIO DE IDIOMA DELFINÉS. ¡Cuál no sería mi asombro al comprobar que tal vocabulario no sólo supera holgadamente el orden de las mil palabras, sino que es muy probable que comprenda unas diez mil! Traducido por fin el diario de tan maravillosa criatura marina, consideré mi deber darlo a conocer. Acaso sirva para que los hombres depongamos en parte nuestra infinita soberbia y nos acerquemos con más amor, humildad y respeto al admirable mundo de estos animales, porque "sólo en el delfín –como asegura Plutarco– nos ofrece la naturaleza lo que han buscado los mejores filósofos: LA AMISTAD DESINTERESADA".

W. Dornemann (o Elsy)

(Primera traductora mundial del idioma delfinés)

Primer Cuaderno[1]

---

[1] *Nota de la traductora:* Obviamente, tanto la división en cuadernos y capítulos como los títulos de los mismos no constan en la grabación original. Atenta a las exigencias de publicación, consideré la conveniencia de ordenar de este modo el diario del delfín, a fin de lograr la estructura de una novela.

Capítulo I
Alegría y espanto de un crepúsculo marinero

Un atardecer plano, levemente agitado –de tanto en tanto– por ocasionales remolinos, se desplegaba como un inmenso mantel violáceo a ras del mar. El siseante rumor de las alas de los peces voladores cortaba apenas el aire. Parcialmente sumergido, yo dormitaba con mi cuerpo ondulando a la deriva, al compás de los movimientos del agua.

Nada turbaba la placidez de ese crepúsculo estival. Mis seis compañeros también se encontraban sumidos en somnoliento letargo. Acunado por el leve oleaje, soñé con largas playas blancas contra las que el sol rebotaba hiriendo mis ojos.

Supongo que después me dormí profundamente, hasta que el repentino alboroto de mi bandada me despertó:

—¡Simo! ¡Simo! ¡Tila va a tener su bebé!

Mi amigo Didima –rolando en torno de mí– me comunicó exaltado el inminente acontecimiento. Calculé con rapidez:

—¿Cómo? ¡Si aún no se cumplieron los diez meses de su embarazo!

—¡Se ha adelantado unos días! ¡Parece que el delfinito está apurado por nacer! —aseguró Didima, antes de desaparecer de la superficie.

Lo seguí velozmente, hasta que ambos alcanzamos a nuestro grupo. El resto de la bandada circulaba a dos o tres metros de Tila quien, con suspirantes soplidos, se disponía a parir su primer bebé.

El robusto Bimbo, su pareja, buceaba de aquí para allá tratando de disimular la excitación. Sin embargo, estaba pendiente de los menores movimientos de la próxima mamá.

De pronto, Tila nos avisó jubilosa:

—¡Mi hijo! ¡Mi hijo!

Maravillados por ese repetido milagro del nacimiento, vimos asomar la cola del nuevo delfinito. Su parto se prolongó alrededor de media hora. Con un repentino movimiento de torsión, Tila rompió el cordón umbilical y la criatura estrenó su vida.

Alborozados, contemplamos cómo el chiquito de apenas noventa centímetros nadaba resueltamente hacia la superficie y oxigenaba sus pulmones por primera vez.

Entretenidos con esa tierna figura que elevaba a ocho el número de nuestra bandada, no advertimos que Tila continuaba resoplando.

Bimbo se asustó:

—¿Qué te pasa, querida? ¿Qué tienes?

El anuncio de la delfina fue una noticia espectacular:

—¡Parece que son mellizos! ¡Y ya va a nacer el otro!

—¿Cómo? ¡Qué afortunados! ¡Muy excepcionalmente una delfina pare dos crías a la vez! —celebró Neka, la más vieja de nuestro grupo, mientras todos los demás felicitábamos a la pareja.

Durante el lapso que se prolongó el nacimiento del otro bebé, el primero circuló sin cesar al lado de su madre, comunicándose con ella mediante apagados silbidos.

Finalmente, los mellicitos retozaron con todo el conjunto, amorosamente vigilados por su mamá y por las madrinas que acudieron presurosas junto a cada uno de ellos, poco después de que fueron dados a luz.

—¡Ahora somos nueve delfines en nuestra bandada! —exclamé dichoso.

—¡Nueve! —repitieron a coro los demás—. ¡Como las nueve estrellas de la constelación del Delfín! —y un regocijo general selló la que suponíamos sería la noche más feliz de nuestros últimos tiempos. Y digo "suponíamos", porque la tragedia nos acechaba. Implacable.

Tila amamantaba a sus hijitos, celosamente cercada por la vieja Neka y por las madrinas, mientras Didima y yo agasajábamos al flamante papá. Los tres nos habíamos alejado un buen trecho y brincábamos distraídos, cuando los desesperados silbidos de las hembras en demanda de auxilio nos alertaron acerca de que algo gravísimo sucedía.

Con gran celeridad cubrimos los tramos que nos separaban de ellas, pero no con la suficiente como para impedir que un tiburón, el monstruoso gladiador marino, hubiera sembrado ya el terror con su presencia.

Tila, Neka y las otras dos delfinas nadaban embravecidas, y abrían círculos en torno del feroz enemigo que pugnaba por agredir a las indefensas crías. Sabíamos que su hambre era tremenda y que para aplacarla los devoraría sin piedad.

Sobreponiéndonos al impacto de aquel espectáculo espantoso, Bimbo, Didima y yo nos sumamos a la lucha de inmediato.

La vida de los pequeñitos dependía de nuestro esfuerzo conjunto. Di la voz de ataque y los siete embestimos al tiburón, con constantes y brutales cabezazos, azotándolo en el vientre y las agallas.

El cobarde asesino se defendía con ferocidad, movilizando sus enormes fauces desde las que nos intimidaban sus dientes, afilados como navajas.

Repetimos una y otra vez nuestras embestidas, arriesgamos nuestros pellejos y nos animamos mutuamente con chillidos de victoria.

Por fin, la suerte estuvo de nuestra parte y el tiburón, moribundo, se hundió dejando tras de sí un rastro de sangre.

Los delfinitos sollozaban débilmente, consolados con dulzura por su mamá:

—Ya pasó el peligro, hijos... Terminen de tomar su leche.

Las demás delfinas suspiraron aliviadas. Los miré en emotivo silencio, antes de proyectarme como bala y con rumbo incierto, a pesar del cansancio.

—¡Hasta luego! —les dije mientras me alejaba—. ¡Daré un paseo!

Capítulo II
¡Barco a la vista!

Tras recorrer plácidamente las subterráneas avenidas marinas, después de la vibrante aventura, tomé impulso ascendente, abrí un espacio en el aire con mi salto vertical, y volví a llenar mis pulmones.

Mis compañeros se encontraban sumergidos, buceando en formación con los dos más pequeños al frente. Podía oír el roce de sus aletas raspando el mar, mientras yo inhalaba profundamente una y otra vez... una y otra vez...

La noche se desparramaba generosa sobre mi cabeza. Un suave oleaje partía de tanto en tanto los reflejos lunares. Miré el cielo, esa inalcanzable aldea estrellera, y volví a saltar estremecido de goce, a la par que lanzaba un grito de alegría saludando al verano.

Entonces la vi: una nave se aproximaba hacia el sitio en el que mi bandada retozaba distraída.

Antes de sumergirme tras los demás delfines, alcancé a divisar varias siluetas humanas que hacían extrañas maniobras sobre la cubierta.

—¡Un barco! ¡Se acerca un barco! —les dije agitado, no bien logré integrarme a mi grupo.

Sólo los dos pequeñitos parecieron conmoverse con la información.

Los otros seis rieron divertidos:

—¿Ah, sí? ¡Qué novedad, Simo! —exclamaron simulando interesarse, para agregar burlones de inmediato:

—¿Recién te das cuenta? ¡Ya captamos los ecos de los ruidos de esa embarcación... hace largo rato!

Callé, avergonzado. ¿Cómo explicarles que el sonar situado en mi cabeza era un órgano de alta precisión como el de cualquiera de ellos, tan capaz de emitir ultrasonidos en el agua y de recoger, más tarde, las ondas sonoras producidas en forma de eco por los objetos detectados? ¿Cómo explicarles que, aunque mis oídos eran tan finos como los suyos, no me preocupaba captar a la distancia, a la manera de un perfecto radar, la proximidad de esas moles de acero sino *otros* sonidos? Otros sonidos... Los de los bosques vivientes del mar, repartidos en las incontables habitaciones del agua, con sus medusas y sus peces disputándose el arco iris en las profundidades, sus algas microscópicas y sus arrecifes de coral, sus invisibles clavicordios hidráulicos, su corazón salino disolviéndose y vibrando al compás de la cadencia de las olas...

Mi silencio los alentó:

—¡No pareces un delfín, Simo! ¡No te atraen los sonidos! —insistieron, rodeándome. Mi amigo Didima interpretó entonces mis sentimientos e intervino comprensivo:

—A Simo le encanta la música. ¿No recuerdan acaso la leyenda de Arión, el arpista?

—¡El citarista! —corrigió Neka.

—¡El citarista! —refirmaron los demás, al unísono.

Sonreí complacido. Mis compañeros sólo bromeaban, fingían no entenderme. Y el recuerdo del poeta Arión, cantando y tañendo su cítara antes de ser arrojado al mar por los marineros corintios que lo habían despojado de sus riquezas, fue un lucero que ardía en nuestra ciega noche boca abajo: la música de Arión había logrado congregar unos delfines en torno del barco. Lo escuchaban cautivados... Y uno de ellos lo había salvado de las furias del mar y transportado sobre su lomo, hasta las costas de Ténaro.

Didima me rozó afectuosamente con su cola. Los demás lo imitaron, brincando a mi alrededor en caprichosas volteretas.

—¿Y, Simo? ¡Ánimo! ¡Ya te llegará el momento de rescatar un nuevo Arión!

Reconfortado por su buen humor, comprendí su inocente travesura de centrarme en blanco de sus bromas y brinqué con ellos. Los nueve delfines bailamos entonces una improvisada danza, hasta que el sueño nos venció.

Entretanto, la nave se acercaba lentamente rumbo a nuestro ocasional dormitorio.

CAPÍTULO III
DEL MAR A LA PISCINA

Amanecía.

El viejo compañero sol...

Las ondas del mar en calma...

El viento, un ligero susurro...

Mis amigos y yo saltábamos ágilmente sobre las olas, siguiendo la espumosa estela de la nave. Desde la borda, un grupo de marineros nos descubrió alborozado:

—¡Delfines! ¡Una bandada de delfines!

En menos de cinco minutos, el grupo creció hasta ocupar la cubierta de proa a popa.

Juguetones, imprimimos a nuestros cuerpos una velocidad superior a la de la nave, nadando sumergidos hasta alcanzar rápidamente la proa. Algunos metros más adelante, reaparecimos en fila india, y nuestras complicadas acrobacias deleitaron a los marineros.

—¡Son un portento de hidrodinámica! ¡Increíble! —gritaban sorprendidos.

—¡Ésta es una de las naves más veloces y han conseguido superarla!

—¿Increíble? —repitió Didima, en la mitad de una difícil contorsión—. ¿No saben acaso que somos los más veloces de todos los peces?

—¡Los más rápidos de todos los animales marinos! —corrigió Neka, con evidente orgullo.

—¡Incluso más ligeros que los pájaros! —agregó a coro el resto de la bandada.

Antes de dejarme caer como un dardo sobre los primeros pisos de agua, aseguré con cierta vanidad por mis amplios conocimientos en materia de delfines:

—¡Somos los más veloces de todos los seres vivos!

Lamentablemente, los hombres no entendieron nuestro idioma. Las precisas informaciones que habíamos intentado transmitirles fueron interpretadas por todos ellos como los graznidos, los maullidos, los gorjeos o los cacareos de otros animales, porque nuestras voces fueron remedadas de inmediato, suscitando la algazara general:

—Coc... Coc... Coc... Coc...

—Gui - gui - gui - gui... —imitaron algunos chasqueando sus lenguas, mientras otros chiflaban tratando de reproducir, sin éxito, nuestros agudos y afinados silbidos.

Durante un rato más, continuamos brincando alegremente en homenaje a esos hombres que, aunque incapacitados para comprendernos, parecían disfrutar tanto como nosotros de nuestras originales coreografías.

Más tarde, la nave aminoró su velocidad hasta detenerse. Entonces, apetitosos bocados empezaron a llovernos desde la cubierta.

Todos nosotros, naturalmente glotones y ya bastante cansados por tantas cabriolas, recibimos con muda gratitud esa suculenta demostración de afecto humano.

Mi buen amigo Didima ayudaba a Neka, proveyéndola de parte de los alimentos que él recibía sin mayor esfuerzo, al proyectarse como una flecha con la bocaza abierta en dirección al barco.

Los dos pequeños, extenuados y por lo mismo amorosamente sostenidos de tanto en tanto por la boca de su mamá, engullían apresurados los trozos del menú ofrecido por los marineros.

El océano también aparentaba haberse detenido como la embarcación. El mediodía amenazaba rajar las aguas, desplomándose con todo el rigor del verano cuando yo, fascinado por la amistad de los hombres, decidí acercarme a la nave, hasta que ella y mi hocico picudo no quedaron separados más que por un delgadísimo colchón de pura agua.

En ese momento, como la más hermosa de las casualidades (que más tarde yo volvería a interpretar como un guiño de la mala suerte o como una irónica advertencia del destino) los marineros se pusieron a entonar, cara al sol, una típica y antigua canción de los puertos de Europa.

Temblé, a la par que tiempo y melodía recorrían de extremo a extremo los casi tres metros de longitud de mi cuerpo.

Cerré mis pequeños y pestañosos ojos con inusitada fuerza; apreté mis dientes hasta sentirlos rechinar en ambas mandíbulas y, dilatando mi única abertura nasal, salté intentando zambullirme en el cielo, traspasado por aquellas voces humanas que no había oído cantar antes.

Nunca lo hubiera hecho. Mi absoluta confianza se halló, de improviso, cautiva en una poderosa red barredera arrojada a mi alrededor desde el barco. Los hombres habían aprovechado mi proximidad y tomado como una mera imprudencia de mi parte esa total entrega a la que yo creía su amistad.

¿Cómo no equivocarme? ¡Cantaban!

Cantaban mientras recogían de prisa la red que me mantenía prisionero. Cantaban en tanto yo contenía el aliento, arqueando con fiereza mi cabeza y mi cola, y luchaba por librarme de esa traición tejida con hilo resistente.

Cantaban en tanto yo, dejando tras de mí un rastro de espuma burbujeante, veía por última vez los rostros de mis compañeros, quienes contemplaban impotentes cómo era capturado.

Cantaban aún cuando mi lastimero gemido se corporizó en el aire en cientos de gotitas, mientras era izado desde la nave.

Cantaban.

Infructuosamente traté de rasgar la red con mi aleta dorsal, a modo de cuchilla.

Cantaban.

Forcé mi cuerpo en una postrera y dolorosa torsión, entorné los ojos y me rendí.

Cantaban.

Mi amigo Didima se desgarró en un grito:

—¡Simo! ¡Siimoo! ¡Siiiii... mooooo!

Los hombres cantaban.

No bien la tripulación, con bastante esfuerzo debido a mi peso, consiguió levantar la red por completo, fui arrojado a la piscina del barco. Una ovación celebró mi presencia, en punzante contraste con mi tristeza. Las máquinas volvieron a ponerse en funcionamiento. Unos momentos después, la nave reanudaba su travesía conmigo a bordo.

Capítulo IV
Tan difícil decir adiós...

—Simo, estás cautivo... —me dije, abrumado por esa injusta privación de mi libertad, por la incipiente nostalgia que crecía en mí ante la certeza de que jamás volvería a reunirme con mi bandada.

Ocultando mi dolor en la profundidad de la piscina, deseé que mi peso se quintuplicara como para arrastrarme hacia el fondo azulejado. Pero a medida que me dejaba hundir, una vocecita quejumbrosa empezó a repiquetear en mi interior, con inusitada persistencia:

—Eres un delfín, Simo, un delfín... No debes olvidarlo, sobre todo, ahora que vas a vivir entre los hombres...

—¿Vivir? —me pregunté desolado—. ¿Podré *vivir* en cautiverio? No, mucho mejor será agotar el resto de aire que circula en mis pulmones y no emerger hasta que sea devuelto como un corcho inanimado a la superficie de la pileta...

La extraña voz se ahuecó y redobló su intensidad:

—¿Qué dices? No, Simo, no eres dueño de tu muerte. La naturaleza te concedió el maravilloso don de la vida y debes respetarlo hasta que ella misma decida arrebatártelo. Y con gratitud, Simo, porque estás vivo, ¿entiendes? ¡Aún estás vivo, vivo, vivo, vivo!

Con un enorme esfuerzo, concentré las escasas energías que todavía alentaban en mí y me impulsé verticalmente. Describiendo una parábola salí disparado a la superficie.

Las risas de los marineros, al festejar mi súbita aparición, me azotaron la cabeza como rugidos de tormenta. En el aire cambié de posición y volví a caer en violento picado, para ir a estrellarme de panza sobre el agua. Los tripulantes que desde el borde de la piscina observaban, divertidos, mis dolorosas acrobacias quedaron empapados.

Escuché sus regocijadas protestas:

—¿Cómo? ¿No decían que los delfines pueden saltar fuera del agua y volver a entrar en ella sin siquiera un salpicón?

Flotaba con desgano y me sorprendí temblando, ligeramente orgulloso por haber dominado mi miedo y mi tristeza. La brisa levantaba sus finos biombos alrededor de mis oídos y contra ellos chocaron las últimas palabras de aquella misteriosa voz:

—¡Aún estás vivo, Simo! ¡Vivo! ¡Vivo! ¡Vivo! ¡Vivo!

De pronto, los gritos de los marineros interrumpieron mis reflexiones:

—¡Delfines a estribor! ¡Delfines a estribor!

Estaba seguro de que eran ellos, mis compañeros, que no se resignaban a perderme. A pesar de comprender que nada podrían hacer para que yo recobrara mi libertad, me sentí reconfortado. Los hombres serían capaces de condenarme al cautiverio, de inaugurar para mí, a partir de ese día, un ilimitado espacio de soledad, pero no lograrían arrancar de mi espíritu y del solidario corazón de mi bandada el puro amor que nos hermanaba en un único espíritu y en un solo corazón.

No por mero azar éramos nueve, como las nueve estrellas de la constelación boreal del Delfín, ubicada entre Pegaso y el Águila…

Los comentarios de la tripulación pronto confirmaron mis suposiciones.

—¡Delfines a babor! ¡Delfines a babor!

Manteniéndome a ras del agua, observé los continuos desplazamientos de los hombres.

—¡Un delfín ante la roda! ¡Miren! ¡Un delfín a popa!

—¡Con ese salto casi alcanza la borda!

—¡Chilla!

El viento me trajo entonces la voz de Didima, llamándome.

Mi fiel amigo Didima... Me estremecí. Presentía algo terrible.

—¡Preparen las redes que se acerca!

—¡Allá, a unos veinte metros!

—¡Se aproxima nadando enloquecidamente!

—¡Arrojen las redes!

De repente, todos los gritos se desvanecieron, confluyendo en un sordo ¡OOOOH...! que me sobrecogió. Después, el silencio.

Tras unos segundos que se me antojaron interminables, uno que parecía el capitán habló:

—No me atrevo a asegurarlo, pero se dice que los delfines suelen suicidarse de pena... Según esa superstición, ese que acaba de nadar como alucinado orientándose en línea recta hacia el casco habría perdido la razón por extrañar al que acabamos de capturar y...

—¡El golpe fue terrible! —interpuso uno de los marineros.

No necesité oír más. Y aquel estrecho recinto que desde hacía unas horas era mi obligada residencia fue demasiado reducido para albergar la tristeza de un delfín.

—Didima... Didima... —murmuré ininterrumpidamente, hasta que el atardecer me sometió y, entre rendido y mareado, me resigné a soportar mi desdicha.

Alguien ordenó entonces incrementar la velocidad del buque, y de ese modo, me alejaron cada vez más de los queridos paisajes de mi infancia, donde había aprendido que su tono azul verdoso se debía a que todos los demás colores eran absorbidos y desaparecían a corta distancia de la superficie... donde había aprendido que la temperatura de sus aguas descendía de acuerdo con la profundidad... donde había aprendido que las tonalidades de los peces están directamente relacionadas con el sitio del mar en el que viven, por lo que los que moraban más allá de la zona de la luz eran generalmente plateados, negros o aun incoloros... donde había aprendido los cuatro modos posibles de comportamiento social entre ellos, partiendo del pez solitario, pasando por los grupos de peces integrados al azar y por los cardúmenes, en los que se alineaban conservando una distancia fija entre uno y otro, y llegando hasta los bancos, en que formaban una masa cerrada al punto de rozarse entre sí... donde había aprendido, en fin, todos y cada uno de los secretos de sus parajes submarinos, poblados de infinidad de criaturas y plantas... pero donde NADIE, NO, NINGUNO, NUNCA me había enseñado a conocer el corazón de los hombres.

Segundo Cuaderno

CAPÍTULO I
LA SOLEDAD DEL CAUTIVERIO

La travesía se extendió por unos días más.

En esa sartén de aguas cálidas (la piscina en la que se me había confinado) no lograba hallar ningún punto de semejanza con mi añorado país natal. La conciencia de que apenas me separaba de mis parajes una caparazón de metal y que, no obstante, toda posibilidad de regreso me estaba vedada, aumentaba mi desazón.

Las aguas oceánicas, con sus distintas zonas deslindables verticalmente, habían sido reemplazadas para mí por sólo cuatro metros por seis de aguas uniformes. Los rayos solares penetraban sin dificultad hasta espejear el vacío suelo de la pileta, tal como antes perforaban la capa superficial del mar, saturada de peces e invertebrados flotantes. Mi sombra se proyectaba entonces solitaria, y me recordaba que yo era allí el único habitante.

Ya no volvería a abrir a mi paso la deslumbrante capa azul marina atravesada por las radiaciones verdes y ultravioletas del espectro, con sus colonias de esponjas y erizos, con su abundancia de pulpos, de jibias y de calamares... Ya no volvería a asolar, juntamente con mi bandada, los bancos de arenques y sardinas en procura de nuestro alimento preferido... Sólo tenía ahora que acudir a la superficie de la pileta y recibir, pasivamente, los pececitos que me arrojaban los marineros, tras extraerlos de un balde.

Incluso los constantes peligros del mar habían sido conjurados. Aquella aventura de la que nuestro grupo había sido protagonista en ocasión del nacimiento de los delfinitos, se me antojaba un cuento fantástico: ¿cómo conciliar la calma imperturbable de la pileta de natación, con su pulida superficie a la que nadie más que yo rizaba, con el recuerdo de nuestra bandada venciendo al tiburón?

Desdibujadas iban quedando también las luchas con otros temibles ejemplares de la fauna marina (como con ciertas orcas enfurecidas que habían diezmado nuestra otrora numerosa comunidad y de las que providencialmente sólo siete

delfines habíamos logrado escapar), las súbitas trombas, que se descolgaban entre nubes y olas, las tormentas, reventando a su gusto, con ese modo brutal de anticipo de fin de mundo...

Pronto la tripulación se acostumbró a mi presencia.

Durante los primeros días de mi obligado hospedaje a bordo, solían rodear la pileta, entretenerse con mis brincos y opinar acerca de mis características físicas, mis cualidades y defectos, mi parentesco con tal o cual especie... Pero poco a poco dejé de constituirme en el centro de su curiosidad. Durante los últimos tramos de la travesía, ya únicamente se aproximaba a la piscina alguno de ellos, a intervalos regulares, portador del balde con mi alimento.

Mi contacto con los hombres se redujo entonces a recibir de ellos mi ración diaria. Mi soledad se acentuaba. Mi melancolía también...

Me torturaba pensando que el resto de mi vida habría de pasarlo allí, en ese barco, puntualmente satisfecha mi hambre pero en absoluto abandonado a mí mismo, por completo solo.

Seres extraños los hombres... La palabra

amistad no parecía estar incluida en sus dicciona-
rios... O, por lo menos, era evidente que no nos
consideraban a los delfines capaces de sentirla y de
amarlos por sí mismos.[2]

Nota de la traductora: Claro, Simo. Los demás animales establecen con las
personas una interesada relación de dependencia y viven en domesticidad
alentados por el exclusivo propósito de ser alimentados y protegidos. Incluso, la domesticación de uno solo de ellos implica la posibilidad de domesti-
car a la especie entera a la que ese animal pertenece. En cambio, no dudo de
que tú, delfín, hubieras gustosamente trocado por una simple expresión de
afecto todos aquellos recipientes colmados de sardinas.

Capítulo II
Una hermosa sorpresa bajo
la lluvia del puerto

La mañana en la que arribamos al puerto de destino, llovía copiosamente. Inquieto, me preguntaba cuánto tiempo habríamos de permanecer allí cuando, de pronto, una voz que no pertenecía a ninguno de los hombres de la tripulación, una voz extrañamente dulce y afinada, caracoleó en mis oídos y me atrajo hacia la superficie de la pileta. Salí disparado como una jabalina. En el aire, miré hacia uno de los extremos y allí estaba ella, la dueña de la voz, una muchacha resguardada bajo un paraguas y enfundada en un llamativo impermeable rojo.

Celebró mi aparición con un silbidito de alegría y, de inmediato, se puso a aplaudirme mientras decía:

—¡Oh, qué hermoso delfín eres! ¡Qué hermoso delfín!

Me sumergí con celeridad y, por unos minutos, me sentí muy confundido: en primer lugar, me desconcertaba esa voz, esa voz cálida y ligeramente aguda, tan diferente de las roncas voces de los marineros con las que me había familiarizado creyéndolas los timbres típicos de las gargantas humanas.

Para ser franco, debo reconocer que no sólo me desconcertaba esa nueva voz. Esa sugestiva voz. No. Me seducía.

Volví a emerger con el objeto de observarla. Mi confusión aumentó ante sus continuas expresiones de cariñoso júbilo y retorné, cohibido, al fondo de la pileta. Sin embargo, había logrado mirarla durante ese relámpago que había sido mi brinco: el aspecto exterior de la muchacha era también muy distinto del de cada uno de aquellos hombres que tripulaban la nave. Su fragilidad contrastaba con la fornida anatomía de los marineros. Su larguísimo pelo con las casi rasuradas cabezas masculinas que yo conocía. Además, y esa actitud no encajaba dentro del marco referencial de mis vínculos con los hombres, ella había exclamado:

—¡Qué hermoso delfín *eres*! —dirigiéndose a mí, hablándome a mí...

"Eres", apenas dos sílabas que anticipaban el cuchicheo de un tiempo venidero en el que habría de entablar con aquella joven el tipo de relación más preciado por los delfines: la relación yo y tú, tú y yo, yo y tú, tú y yo, yo y tú, tú y yo...

Acaso prematuramente confiado, ya que basaba mi optimismo en *una* sola palabra *humana*, tomé impulso sobre mi aleta caudal y salté a escasos metros de la muchacha.

Seguía bajo la lluvia. Contemplaba mis desplazamientos con insólito interés.

No denotó sorpresa. Me recibió riendo:

—¡Ah, así me gusta! ¡Por fin has decidido acercarte!

El sorprendido era yo. Ella demostraba interpretar mis sentimientos. Rogué mentalmente para que esa joven se incorporara a la tripulación. Mi vida, que hasta momentos antes se desarrollaba sin sentido, comenzaba a cobrarlo en la posibilidad de su amistad.

¡Un motivo para vivir! Y ya no me dolió tanto el precio que debía pagar por ello.

Una persistente llovizna atemorizaba al sol que, de a ratos, se asomaba tímidamente aquel mediodía. El puerto en actividad desplegaba su abanico de ruidos. Los marineros iban y venían, ocupados en diversos menesteres. Aburrido, yo flotaba a ras del agua cuando ella retornó junto a la pileta. Esta vez, la acompañaba el capitán.

—Y, señorita, ¿qué me dice de su delfín? —le preguntó, señalándome.

Fingí desentenderme, pero mis aberturas auriculares, tan cercanas a los ojos, amagaron con confundirse con éstos en mi esfuerzo por prestar atención a sus palabras.

—Decididamente un bello ejemplar.

—Es robusto y muy ágil. Creo que colmará sus expectativas... —agregó el capitán, paseándose a lo largo de los bordes de la piscina.

—No cabe duda. —La muchacha se sentó sobre el trampolín, con las piernas colgando—. Los delfines poseen un alto nivel de inteligencia. Hasta se les han detectado aptitudes para el lenguaje...

—Bah... En eso no guardan mayor diferencia con mi gato siamés —objetó el capitán—. Siempre le digo a mi esposa que no le falta más que hablar. Es muy inteligente.

—Discrepo con usted —continuó la joven— la capacidad de lenguaje es justamente la prueba de la genuina inteligencia, y el delfín habla. Claro que sus órganos de fonación difieren de los nuestros...

—¿Cómo?

—Sí. El delfín emite sonidos a través de una pequeña abertura ubicada en la parte trasera de su frente, que se denomina aventador, y que también utiliza para respirar cuando emerge del agua.

El capitán encendió su pipa y me miró de reojo, plenamente interesado.

—Entonces... la boca, ¿no le sirve más que para alimentarse?

—Así es. Con el aventador emite sonidos por propia voluntad y, aunque usted suponga que divago, le aseguro que es capaz de imitar espontáneamente la voz humana.

—¡Es un superdotado!

—¡Es el príncipe del mar! —prosiguió ella entusiasmada—. Ya los antiguos valoraron sus enormes potencialidades e hicieron de él un símbolo, al esculpir su imagen en armas y monedas...

Me sobresalté. La muchacha demostraba conocimientos superiores a los que, en materia de delfines, yo me jactaba de poseer. ¿Cómo era posible?

Redoblé mi atención. Entonces sucedió aquello. Inolvidable. La joven se arrodilló sobre el trampolín y me habló:

—Qué pena que no puedas decirme cómo te llamas... —El rostro del capitán se desfiguró en una sonrisa burlona. Sin importarle, ella continuó—: Sé que puedes comunicarte con otros delfines, al producir diferentes sonidos y una amplia gama de pulsaciones ultrasónicas, por lo que no dudo de que te habrán bautizado con un nombre... pero... ¿cuál? ¿Cómo te llamas?

Y dejando caer sus brazos a ambos lados del cuerpo, se mantuvo pensativa.

Nadé con insospechada energía de extremo a extremo de la pileta, para aliviar mi impotencia. ¿Cómo decirle que me llamaba Simo? No comprendería mi idioma...

De pronto, me animé y lancé mi nombre al aire, con el más puro acento delfinés, resoplando vigorosamente, chocando mi lengua contra el paladar, dando voces hasta acabar extenuado.

Inútil. No me entendieron. Mi intento había fracasado.

El capitán se mostró divertido:

—¡Vaya! ¡Un ataque de locura súbita!

Ella se incorporó sin contestarle y, utilizando ambas manos a modo de altoparlante, me gritó animada:

—¡Eureka! ¡Ya está! ¡Simo! ¡Te llamaré Simo! ¡SI... MO! ¡SI... MO!

Mi nombre, imprevistamente pronunciado por aquellos labios humanos, me conmovió profundamente.

Notable: ¿lo había entendido, adivinado o inventado?

Tal como solía hacerlo en ocasiones como aquélla y para no resultar ridículo, me sumergí impetuosamente y continué nadando medio metro por debajo del nivel de la piscina. Entonces alcancé a escuchar sus explicaciones sobre la elección de mi nombre. Y lo que para aquel capitán no fue más que una mera información erudita, se convirtió para mí en la justificación misma de esa palabra elegida especialmente por ella, de entre todos los sonidos posibles, a fin de designarme y distinguirme.

Hasta ese mediodía, para los hombres yo había sido uno más entre los innumerables cetáceos mamíferos, un vulgar delfín anónimo que reunía todas aquellas características comunes a mi especie: dos o tres metros de longitud, lomo color

gris oscuro, blanquecino por debajo, cabeza volu-
minosa con abombamiento frontal, hocico prolongado, dientes cónicos, una sola abertura nasal,
etcétera, etcétera. Ella me había distinguido como
a un ser único, irrepetible, al individualizarme
con un nombre, suscitando en mí, debido a esa
actitud, una ligazón afectiva que ya esperaba la
oportunidad para manifestarse en entrañable
gratitud.

—¿Vio esa protuberancia que el delfín tiene sobre la frente? —preguntó la muchacha al capitán—. Pues bien, en griego, se lo denominaba
por ello "simós", término que se suele traducir por
"chato" o "respingado". Y precisamente de aquel
vocablo proviene el nombre de "Simo", con el que
en latín se llamó más tarde a todo delfín.

Saltando sobre el trampolín como una
criatura, la muchacha repitió entonces mi nombre,
con distintas entonaciones:

—¡Simo! ¡Sii... moo! ¡Siii... mooo! ¡Siiiii-
mooooo! —pero ignoraba que mi corazón latía
alegremente, por primera vez desde mi cautiverio.

El sol se decidió por fin a tomar posiciones
sobre el puerto. La llovizna fue totalmente desalojada.

Vi alejarse a la joven, escoltada por el capitán, y recién en ese momento advertí, apesadumbrado, que yo no conocía su nombre.

Capítulo III
Delfín volador

La nave permaneció anclada en aquel puerto por cuatro o cinco días más. Durante ese lapso, la muchacha me visitó regularmente, todos los mediodías.

Ansioso, yo esperaba oír el golpeteo de sus zuecos a medida que se acercaba en dirección a la piscina, para salir a la superficie y entreabrir mi bocaza en esa curvatura perenne que a los hombres les "parecía" una sonrisa, pero que para mí lo era (por lo menos, desde que la había conocido).

Lo que me causaba una vaga sensación de desconcierto era ese modo tan suyo de aproximarse sigilosamente a la pileta, como si quisiera sorprenderme; esa manera de sentarse al descuido sobre el trampolín, silbando por momentos; ese empeño en repetir mi nombre y en hablarme, mientras dejaba correr los minutos. Se diría que mi sola presencia era capaz de alegrarla. La comparé con Didima, con el corazón oprimido por su ausencia. Pero, a pesar de que creía entrever la posibilidad de recuperar en ella la amistad que me brindara mi inolvidable amigo, aún no me atrevía a manifestarle mi afecto. Temía no verla más. No soportaba la probabilidad de volver a perder un amigo.

—Buenos días, señorita Renata. ¿Cómo le va? —la saludó el capitán, el último mediodía que pasé en el puerto. Yo me entretenía dando empujones a una pelota que ella acababa de arrojarme.

¡Su nombre! ¡Por fin sabía su nombre!

—¡Re-na-ta! ¡Re-na-ta! —repetí sin esfuerzo, imitando en falsete la voz del capitán—. ¡Renata! —grité nuevamente—. ¡Renata! —y su nombre se partió en un fino chorro de agua sobre mi cabeza.

—¿Y esos ronquidos que produce el delfín? ¡Parece una foca!

Ambos rieron.

—¡Estará enojado!

Traté de mejorar mi dicción:

—Re-na-ta... Re-na-ta... —susurré una y otra vez, en tanto daba vueltas por la pileta—. Renata... —murmuré, variando la entonación.

Las carcajadas de los dos me convencieron

de la inutilidad de mi intento. Acongojado, comprendí que nunca podría comunicarme con los hombres: hablaban otros idiomas. Dominaban las lenguas muertas. Habían logrado descifrar los más complicados jeroglíficos. Pero no se preocupaban por traducir el delfinés...

—¿Y esos ronquidos? ¡Parece una foca!...

Esos ronquidos eran tu nombre, Renata, tu nombre.

Mis presentimientos no se cumplieron. No fui separado de la muchacha. Pero la odisea que me tocó vivir superó aquellos funestos pronósticos. Esa misma tarde, horrorizado, supuse que mi fin estaba próximo, pues obedeciendo precisas instrucciones de Renata (¡de Renata!) fui extraído de la piscina por tres vigorosos marineros. Acto seguido, me sujetaron con un cinturón sobre una especie de amplia camilla mullida. No podía hacer otra cosa que resignarme. ¡Cómo sentí en aquellos momentos la carencia de un buen par de piernas!

Pronto me di cuenta de que ni siquiera con un buen par de piernas un ser vivo es capaz de escapar a su destino... Designios inescrutables... Sus tenues hilos nos manejan como marionetas...

—Cúbranle el lomo con esta muselina humedecida. Su piel no debe agrietarse.

Miré a Renata, implorante. Enseguida, el terror me dominó impidiéndome la más mínima queja. ¿Usarían mi piel para confeccionar cinturones o zapatos? Por lo que yo había podido observar hasta entonces, tales objetos parecían ser de piel y cuero de animales...

Un desconocido se acercó a mi lado. De un maletín sacó algunos frascos y cajas metálicas.

—¿Es imprescindible ese antibiótico, doctor? —preguntó Renata a mi nuevo verdugo.

—Hay que evitar cualquier infección durante el traslado —y un agudo pinchazo atravesando mi carne confirmó sus palabras.

Aullé. La muchacha me palmeó mansamente la cabeza:

—Tranquilo, Simo, ya pasó... Es por tu bien...

¿Por mi bien? No; no volvería a equivocarme. Ésas eran las señales de la entrega, de la traición. La muchacha-monstruo.

Debí de aletargarme por efectos de ese veneno. Cuando volví en mí, me encontré instalado en un avión. El ensordecedor rugir de las turbinas anunciaba el despegue. El verdugo estaba terminando de acondicionarme dentro de un cajón rectangular muy acolchado e interiormente revestido con telas plásticas.

—¿Viajará seguro, doctor? —La voz de Renata era apenas audible entre tantos ruidos. A pesar de su deslealtad, oírla alivió mi tortura.

—Descuide. Simo puede sobrevivir un día o dos fuera del agua y este vuelo no durará más de tres horas. Tampoco corre peligro de que con su propio peso presione sus pulmones y se asfixie: estos colchones lo soportarán con comodidad. Además, ya llenaremos parcialmente el cajón. El agua impedirá que se sofoque —y el doctor me aplicó un oloroso ungüento sobre los ojos.

Renata volvió entonces a taparme con ese género mojado, pero todos sus esfuerzos por colocarme unas almohadas bajo la cabeza resultaron inútiles.

—¡Ay, Simo, no seas caprichoso! ¡Así mantendrás tu orificio de respiración sobre el agua!

—¿Qué agua? —pensé—. ¿Esa tenue humedad de la muselina?

Varias regaderas se volcaron al mismo tiempo, disipando mis dudas.

El agua fresca cubrió la mitad del "sarcófago".

Lloré. Grité. No cesé de nadar durante los primeros minutos del vuelo, casi reptando en el mismo sitio como un gusano. Aunque sabía que era absurdo, me desentumecía.

—Se queja como una criatura… Pobrecito Simo… —Renata verificaba continuamente si yo elevaba mi cabeza fuera del agua para respirar. Es que agotado por la tremenda tensión de esas horas en que me habían transformado en "delfín volador", daba pocas señales de vida.

De tanto en tanto, las regaderas volvían a inclinarse sobre mí y a volcar sus refrescantes lloviznas.

Trastornado, no acertaba a imaginar qué me reservaban las próximas horas. Cascabeleante serpiente, el miedo me recorrió el espinazo hasta hacerme estremecer. ¿Dónde estaba mi mañana? ¿Tras qué sombra o qué luz mi destino, impaciente, aguardándome, se resistía a mostrarme su cara hecha en tiempo futuro? ¿De qué modo me cobijaría? O tal vez me dijera "basta"… ¿Y si pronunciaba esa

palabra que torna ceniza a aquel que la escucha? ¿Ya tan sólo un recuerdo sería entonces? ¿O mi esqueleto olvidado, filtrándose en la tierra lentamente, volvería a tener vida y angustia hecho planta, hecho pluma, simple gota en el pico de un pájaro? La profunda congoja me abrumó hasta que me quedé dormido.

Capítulo IV
Nuevo domicilio

¡Qué sorpresa! ¡Qué limitada mi imaginación! No había considerado esa eventualidad. Por eso, cuando fui trasladado desde el avión hasta la casa de Renata, en un camión especialmente equipado, creí estar fantaseando. Como cada vez que anhelaba algo pero sabía que no estaba a mi alcance... Me dejaba llevar por mi tendencia a fabular, con tal empeño, que pronto el mundo real y el irreal se confundían en uno, confundiéndome.

—¿Y, Simo? ¿Qué tal? —Ésa era la voz de Renata. La verdadera voz de Renata. No soñaba. No. Tan cierto como que yo era un delfín: me hallaba en un dilatado estanque, en casa de Renata; una finca circundada por un extenso parque. Yo, Simo, huésped de aquella joven que me había rescatado de la soledad del navío.

Me sentí culpable. Muy culpable por haberla

juzgado tan mal, por haber desconfiado de ella. "Te merecerías un castigo...", me dije, justiciero. "Renata es tu amiga".

—Hija, ¿ya trajeron a Simo, no? —Me asomé sobre la superficie del estanque y vi un anciano punteando unos canteros. De tan blanca, el sol hacía desaparecer su cabeza.

—Sí, papá. Ven a verlo. Es un magnífico ejemplar.

El viejo abandonó su tarea. Se restregó las manos y se dirigió hacia mi habitación acuática. Respiré hondo y me dejé hundir. Estaba de buen humor, con ánimo para bromas.

—¿Pero dónde se ha ocultado ese pícaro? ¡Simo! ¡Simo! —Renata me reclamaba. Contuve las ganas que tenía de acudir de inmediato a su llamado.

—¡Simo! ¡Siimooo! ¡Siimooo!

—Ja, ja... Es un magnífico desobediente.

—Seguro que algo estará tramando allá en el fondo. ¡Espera! ¡Ya vuelvo!

Escuché los pasos de Renata alejándose rumbo a la casa. Me mantuve alerta hasta que la oí regresar.

—¡Allí voy, Simo!

Un sorpresivo chapuzón. Un sendero diagonal que se abría en el agua del estanque. Un cuerpo delgado cubierto por una malla negra. Un rostro risueño, con los ojos semientornados. Largo pelo flotando hacia atrás. Renata venía a mi encuentro...

—¡Nada como una delfina! —me dije, asombrado. Y mientras ella buceaba a mi alrededor, tratando de indagar la razón de mi permanencia en el fondo, pensé si no sería posible que la muchacha se adaptara a mi medio. Fantaseé complacido.[3]

Tal vez, si ella se lo propusiera... Apenas si le demandaría un poco de voluntad comunicarse con nosotros... ¿No nos contaba acaso Neka que los delfines éramos terrícolas, hombres, antes de ser metamorfoseados en animales marinos?

(Claro que yo hubiera corregido aquella anécdota. Me disgustaba que difundiera unos

---

[3] *Nota de la traductora:* No, Simo, no fantaseaste. Después de todo, se asegura que la vida apareció en el mar hace más de mil quinientos millones de años... El mismo cuerpo de Renata encerraba –como el mío– un pequeño mar particular, ya que el cuerpo humano está compuesto de agua y sales minerales en su mayor parte, alrededor de un ochenta por ciento, indicio importante que prueba que los hombres no hemos podido liberarnos de cierta dependencia del medio marítimo de origen. En realidad, somos antiguos animales marinos emancipados a los que, en casos de emergencia provocados por intensas hemorragias, hasta puede salvársenos la vida sustituyendo casi completamente nuestra sangre por agua de mar.

conceptos tan injuriosos... ¡Asegurar que ciertos piratas tirrenos, por no venerar a Dionisos y despreciar su divinidad, habían sido convertidos por éste en delfines durante la travesía en la que lo llevaban prisionero! ¡Adjudicarnos un árbol genealógico tan deshonesto! ¡Patrañas!)

Renata emergió desalentada.

—Ay, papá, creo que Simo está malhumorado. Lo conocerás más tarde...

—¿Vas a tratar de convencerlo?

—No. Ya saldrá, aburrido. Me voy para casa.

Me disparé violentamente. Una bala de cañón. Renata amagaba con retirarse.

Oyó mis chapoteos y se volvió, sonriente.

—¡Ajá! Conque no quieres que te deje solo, ¿eh? —y se zambulló en el estanque nuevamente.

Jugamos durante un rato. El anciano nos contemplaba entretenido. El agua se partía en serpentinas a su alrededor. En cada gotita, un prisma multicolor.

—¡Eh! ¡No me salpiquen!

Más tarde, Renata abandonó el estanque. Volvió portando un balde y se ubicó sobre el trampolín. Silbando el estribillo de una melodía popular, me pedía que saltara hacia el recipiente. Lo hice muchísimas veces y mis saltos fueron recompensados por un centenar de apetitosas sardinas.

—¡Muy bien, Simo! ¡Así me gusta! Aprendes rápidamente.

Renata se acostó sobre la tabla y extrajo el último pececito del balde. Sosteniéndolo con firmeza por la cola, lo arrastró sobre el agua dando leves golpecitos.

—¡Vamos, Simo! ¡El postre! —y silbó la misma tonada del principio.

Nadé en dirección a la sardina que pendía de su mano hasta hacerla desaparecer en mi bocaza, justo en el momento en que surcaba el aire para caer al agua.

—¡Excelente, Simo!

Renata se alejó cantando.

Retornó arrastrando una mochila. En cinco minutos y asistida por su padre, armó una carpa junto al estanque. Introdujo allí un catre, una mesita, una silla y otros elementos que no alcancé a identificar. (También, para satisfacer mi curiosidad debía saltar continuamente de manera de elevar mi cabeza por sobre el borde de la piscina: ¡me extenuaba!)

Mi primera jornada en su casa transcurrió sin otras novedades. Renata no se alejó de mi campo visual y yo dediqué las últimas horas de luz a inspeccionar, hasta el cansancio, cada rincón de mi estanque. Por empezar, contaba con suficiente espacio como para que yo me desplazara a gusto unos veinte metros de largo por seis de ancho, escalonado interiormente en tres sectores. La parte más honda tenía aproximadamente unos cinco metros de profundidad. En ella podía efectuar mis ejercicios con toda comodidad, así como también descansar plácidamente cuando se me ocurriera. El sector medio no llegaba al metro y medio. Supuse que Renata podría allí caminar a su antojo, en tanto yo no hallaría dificultades para dar mis acostumbrados saltos.

Finalmente, una parte casi seca, que se humedecía con el agua desalojada de los otros sectores a causa de mis movimientos. Me intrigó: ¿con qué objeto habrían reservado esa zona? (En los días subsiguientes quedaría develada tal incógnita: Renata pasaba allí gran parte de las horas, sentada en una silla plegadiza bajo una sombrilla. Me observaba, me hablaba y tomaba apuntes en un block. De vez en cuando, yo me animaba a recostarme a su lado).

El agua del estanque era bien cálida[4] y se hallaba en movimiento y renovación constantes impulsada, seguramente, por bombas especiales.

Conforme con el resultado de mi examen, llegué a la conclusión de que aquel sitio se ajustaba a los requisitos imprescindibles como para que me sintiera bien dispuesto a aceptar mi cautiverio con el mejor humor posible.

Me propuse merecer el afecto de Renata y el regalo de su proximidad, valorizando ese privilegio que me había sido concedido sólo a mí, entre todos los delfines: la amistad de un ser humano.

Tercer Cuaderno

Las semanas que siguieron a aquel primer día de estada en mi nuevo domicilio fueron un prolongado recreo.

Apelando a una paciencia inagotable, Renata pasó conmigo varias horas de cada día, hacía un juego de mi educación. Usaba siempre la misma vestimenta: la malla negra, creyendo ingenuamente que de ese modo yo la reconocería sin posibilidad de confundirla con otra persona. Durante las primeras semanas me demostró su protección constante: si hasta dormía en la carpa instalada junto al estanque... De haberlo deseado, yo hubiera podido despertarla con un débil "ladrido".

Aprendí rápidamente. Ella no me obligaba a efectuar ninguna destreza. Tampoco me castigaba con el retiro de mi comida si yo fallaba en la ejecución de alguna prueba, ni recurría al soborno redoblando la ración. Parecía entender que yo

no pedía otra cosa que ser querido y que, para lo-
grarlo, era capaz de esforzarme hasta dejarla satisfecha con mi aprendizaje. Además, era lo que yo
DEBÍA hacer.

"Ella me dedica gran parte de su valioso
tiempo porque sí...", pensaba. "Se complace con
mi amistad tanto como yo con su compañía...".

Saqué la conclusión obvia: "Me quiere".

Paulatinamente aprendí a jugar a la pelota con Renata. Ella me la arrojaba; yo la sujetaba
con los dientes, impulsándola de inmediato hacia
arriba y adelante. Una vez logrado esto, partía velozmente hasta situarme por debajo de la pelota y
volverla a atrapar antes de que rozara el agua. En
otras oportunidades, la golpeaba impetuosamente
con mi aleta caudal, para devolvérsela a Renata, o
la aprisionaba bajo mi vientre hasta hundirme
con ella y soltarla una vez alcanzada cierta profundidad.

Más adelante, un cesto fue instalado sobre
uno de los extremos del estanque. ¡Entonces sí
que aquellos rebotes se transformaron en un juego divertidísimo! ¡El baloncesto! Asombraba a la
muchacha con mi facilidad para hacer tantos.

—¡Cómo progresa Simo! —corroboraba

su anciano papá, cada vez que se acercaba hasta nuestra "base de operaciones"—. ¡Su inteligencia supera la de cualquier niño![5]

Para ese entonces, yo ya estaba en condiciones de identificar e interpretar la amplia gama de silbidos de Renata, asociando cada uno con la idea de hacer algo que ella deseaba o acudiendo a su lado para engullir mis colaciones diarias.

Mi dieta fue modificada: de los sabrosos pececitos vivos que me daba al principio, fue habituándome gradualmente a paladear importantes raciones de pescado congelado.

Pronto aprendí a saltar entre discos de papel, a dar varias vueltas por el estanque paseando una indefensa tortuguita sobre mi hocico, a danzar al compás de la música y hasta a tocar la trompeta.

—Estoy muy contenta contigo, Simo; ¡contentísima!

Para demostrarlo, no bien concluía mi adiestramiento cotidiano, Renata se ubicaba sobre

---

[5] *Nota de la traductora:* Ah, si el padre de Renata hubiera sabido que el peso medio del cerebro de un delfín es de unos mil seiscientos gramos, mientras que el cerebro humano –de acuerdo con un cuerpo de aproximadamente setenta kilos– apenas si pesará unos mil cuatrocientos gramos... Ah, si hubiera sabido que poseen el mismo número de células por centímetro cúbico...

la escalerilla de acceso a la piscina y me deleitaba con distintas melodías. El sonido de su flauta: un desmoronamiento de alas, un deslumbrante ensueño de anémonas crepitantes, un rumor de espumas y campanas... ¿A quién confiar lo que ella me decía con su música?

Tal vez cambié desde esos días... Me adherí al puro sonido de su flauta como antes al puro movimiento de las olas. Con embriaguez, sentí ampliarse mi pueblito estancado, abrirse para mí cien puertas violetas, rosadas, azules, amarillas, verdes... desde las que partían rutas inexploradas.

Supe entonces que yo no era de los que regresan de la claridad, porque en esa luz, en la luz de aquellos días felices, decidí quedarme para siempre.

Capítulo II
Demasiadas emociones
en una semana

Un extraño malestar me invadió la mañana en la que dos jóvenes desconocidos se introdujeron en el estanque e instalaron cables y luces acuáticas por todos los rincones. A pesar de que la actitud de Renata para conmigo no había variado en lo más mínimo y se mantuvo a mi lado durante todo el tiempo que llevó el ajuste de aquellos artefactos, me sentí raro. Acaso un vago presentimiento, porque desligado de la realidad no suponía aún que empezaba a circular por mi felicidad como por sobre el filo de una aleta de tiburón.

—Mientras Simo se desplaza sumergido, emite una serie de sonidos con su orificio de aire... —explicó Renata a los muchachos, a la par que ambos abandonaban mi residencia—. Algunos alcanzan tan alta frecuencia que el oído humano no puede detectarlos, pero otros son perfectamente

audibles y ahora podré grabarlos en cintas magnetofónicas.

Uno de los jóvenes hizo un gesto de sorpresa.
El otro soltó una carcajada que –resentido– me apre-
suré a imitar para demostrarle que Renata tenía razón.

El repetido remedo de su risa divirtió a los
tres, en tanto se marchaban en dirección a la casa.

Fastidiado porque no conocía la utilidad
de las luces acuáticas, me entretuve cambiándolas
de posición hasta que Renata retornó con el balde
de mi almuerzo.

No descubrió mi travesura hasta la tarde siguiente, en el instante en que aquellas luces se encendieron de improviso y ella se zambulló portando una caja negra. En cuanto vio lo que yo había
hecho, salió del estanque trepando por un costado,
mientras depositaba sobre el césped lo que resultó
ser una cámara filmadora. Ofuscada, me retó:

—¿Qué has hecho, Simo? Quería filmar
tus piruetas. ¡Imposible ahora! Tendré que volver a
acondicionar cada foco en el sitio preciso.

Esa tarea le demandó tres cuartos de hora.
Cuando todo estuvo listo, las luces se encendieron
nuevamente y ella buceó en torno de mí, a la par
que filmaba mis cabriolas.

Me esmeré hasta acabar fatigado.

Esa semana fue una constante caja de sorpresas: el pequeño Joaquín vino a visitarme de la mano de Renata y yo, enternecido por ese diminuto hombrecito de pelo rubio que me miraba boquiabierto, realicé en su honor todas las proezas que había aprendido.

—¡Me gusta Simo! ¡Me gusta mucho! —El niño me aplaudió, encantado.

—Espérame sentadito aquí. Voy a buscar un salvavidas para que puedas meterte en el estanque y jugar con el delfín. —Renata se marchó por unos momentos.

Entusiasmado con mis saltos, Joaquín se acercaba riesgosamente al borde. Intuí el peligro y le lancé unos gritos de alerta. Lamentablemente, el chico no comprendió mis advertencias. Sus ojotas de goma patinaron de repente, arrastrando su cuerpecito al agua.

Por un segundo desapareció de la superficie. Emergió pataleando desesperado. Lloraba. Su carita se contraía nerviosa y las burbujas fluían de su boca como un racimo de uvas transparentes.

Nadé velozmente hacia él y traté de sostenerlo a flote, mediante decididos empellones. Se ahogaba. Mi grito intermitente en demanda de auxilio rasgó el tibio aire del verano:

—¡Renata! ¡Socorro!

Joaquín braceaba ya con escasas fuerzas cuando se dio cuenta de que le ofrecía mi lomo. Se asió de mi torso. Me sumergí parcialmente hasta colocarme por debajo de él y de pronto me sentí montado por la criatura.

Pasado el susto, Joaquín cabalgó sobre mí como en el seguro corcel de una calesita.

Renata corría agitada hacia el estanque. Se paralizó al vernos:

—¡Simo! ¡Oh, Simo, eres adorable!

Sólo después de varias vueltas más y a regañadientes, el pequeño se dejó alzar por la muchacha.

—Simo te salvó la vida... —le repetía, mientras frotaba su cabeza con una toalla.

Al rato, una abundante ración de arenques extra fue la prueba de que los hombres tenían un modo muy singular de demostrar su gratitud.

CAPÍTULO III
AUSENCIA Y REENCUENTRO

Mi cotidiano adiestramiento se interrumpió con la partida de Renata hacia... ¿Hacia dónde habría viajado? ¿Por cuánto tiempo? ¿Por qué?

Al principio, su ausencia me sumió en un estado de ánimo intolerable, pero con el correr de los días fui aprendiendo a sobrellevar mi tristeza. Casi diría que fui perfeccionando esa tristeza, llegando a amarla como a una entrañable compañera... ¿Cómo no amarla si era todo lo que Renata me había dejado?

Su papá se ocupó de mi mantenimiento. Me proveía los usuales kilos de pescado diarios, regulaba el dispositivo para templar las aguas del estanque, lo higienizaba y diluía puntualmente la proporción de sales marinas necesaria para solucionar el problema del agua dulce. Me consta que descuidó la atención de sus plantas. Admito que le di bastante trabajo, negándome a comer, contrariado por cualquier motivo, indiferente a sus charlas, desinteresado por jugar, pero, ¿de qué otro modo podía expresar yo mi depresión?

En esos días, repasé mentalmente cada una de las actitudes de Renata y estimé como nunca su dedicación absoluta a la compleja y nada gratificante tarea de educarme, de hacer de mí un delfín modelo, sin otro objetivo que el de verme crecer con alegría.

Privado del contacto con mi familia del mar, ella era ahora toda mi familia. ¿Qué le ofrecía yo a cambio?

Tomé conciencia de mi pobreza de recursos. Nada. Yo no le ofrecía nada. Sólo la pureza de mis sentimientos... y eso era algo que ella no podría jamás conocer.

Aquellas noches calmaba mi insomnio dando incesantes vueltas alrededor de la parte más profunda del estanque, en un frenético ir y venir que asemejaba mi comportamiento al de una fiera enjaulada.

Volví a consolarme mediante mi propensión al fantaseo, sumiéndome en un ensueño en el que recreaba la figura de Renata. Le hablaba hasta

que un sopor similar al que invade en los momentos previos al sueño atenuaba mi tristeza.

"¡Oh, Renata...! Cada día sin ti es un nau-
fragio que no arrastra... Esta amistad tiene hambre, en tanto que la noche molinera engulle entre
sus aspas a la luna...

Esta amistad está sola: la semana le cuelga
a los costados. El tiempo de no verte le va grande.

Esta amistad tiene frío: tirita sin cesar en
aguas tibias... La abriga tu recuerdo y no le basta.

Ah, Renata... Tu delfín es un loco jardine-
ro que sólo poda ausencias y te quiere".

—¡Simo! ¡Simo!

La mañana de su ansiado retorno se produjo finalmente.

—¡Aquí estoy de vuelta!

Renata introdujo sus manos en el agua del
estanque, agitándola. Me lancé en su dirección.
Mimoso, coloqué mi cabeza debajo de sus dedos
y me dejé acariciar. Enseguida, abrí mi boca de
par en par y ella metió su brazo, retirándolo lentamente tras dejármelo unos segundos. Ése era mi
único modo posible de retribuirle su caricia.

—Este bicho me causó más de un dolor de
cabeza... —El papá de Renata debía de contemplar

la tierna escena a escasos metros de nosotros, porque capté sin dificultad su breve sermón, digno de imprimirse en un libro de quejas—. Ni siquiera acicateado por el apetito fue capaz de cultivar el contacto conmigo. Parece que te extrañaba. Rechazó en varias ocasiones su comida de las diez de la mañana y hubo días en que no probó bocado de su ración de la tarde. Su comportamiento se tornó huraño. Te vas a reír, hija, pero varias veces me impresionó al clavarme los ojos alternativamente, inspeccionándome con desdén, como si yo fuera el culpable de tu ausencia... Recién entonces noté eso que me contaste hace tiempo: sus ojos son muy expresivos, casi humanos... Es más, no sólo tiene ojos; tiene "mirada"...

Sonriente, Renata asintió; y aunque ese estanque era demasiado reducido como para que yo pudiera aplicar siquiera la décima parte de mi velocidad, era lo suficientemente profundo como para que cumpliera mi deseo: un salto de alegría en homenaje a Renata.

Decidido a llevar a cabo tal propósito, me sumergí hasta el fondo. Allí me incorporé verticalmente, como si estuviera de pie, y salté fuera del agua hasta alcanzar una altura de seis metros. Fue entonces cuando Renata extrajo de su bolso la flauta. Fascinado con su música, ensayé una nueva

danza, emergiendo las tres cuartas partes de mi cuerpo fuera del agua para adoptar la postura de un hombre que recula a la manera de un cangrejo. Marché hacia atrás y en todas direcciones, mediante enérgicos coletazos. La verticalidad que mantenía era posible gracias a los movimientos de mi aleta caudal pero, no obstante, llegué hasta el límite de mi potencia muscular, asombrando al viejo y a mi amiga con esa súbita demostración de mi alegría.

Capítulo IV
El exilio

Aquella euforia por la recuperada presencia de Renata me duró varios días. Días en que sentí la embriaguez de estar vivo tal como en las lejanas épocas de mi infancia, cuando aún no consideraba a mis aletas laterales como brazos atrofiados y me creía capaz de abarcar con ellas el interminable mundo marino. Cuando mis ojos eran magos, aptos para nutrirse del sol sin parpadeos. Cuando cada instante era un gran trapecio invitándome a saltar y las madréporas respondían a mis lágrimas y en cada hoja un mapa vegetal me abría verdes surcos inexplorados... Cuando tenía la edad de no saberte, vida.

Reanudé mis entrenamientos como deportista bajo la cálida orientación de Renata. Mi natural mansedumbre para con ella se acentuó y sus complacidas caricias como prueba de su afecto también.

Con sorprendente rapidez, fui adquiriendo nuevas destrezas.

Un entretenidísimo aparato amplió mis posibilidades de juego. Su complicada instalación dentro del estanque me hablaba a las claras de los desvelos de la muchacha por mejorar mis condiciones de vida, y evitar por todos los medios que me aburriera o que fuera atrapado por la rutina.

El juguete era un aparato automático de alimentación, con dos palancas: una roja y la otra azul. Luego de revisarlo y tras algunos fallidos intentos para tratar de descubrir su mecanismo, logré presionar la palanca azul. ¡Qué decepción! ¿Conque tanta laboriosa instalación para nada?

Pronto comprendí mi error. Al apretar la otra palanca se abría un pequeño compartimiento y un sabroso pescado se deslizaba al estanque, a disposición de mi apetito. "¡La palanca roja! ¡La palanca roja es la que debo presionar!", y ya no volví a confundirme.

Por entonces me entregué de lleno a las delicias de aquellos juegos, como una afirmación de mi propia vida. La felicidad parecía empeñada en ser mía. Ya no era una transitoria pasajera de mi corazón, un refucilo fugaz, un estallido de fuegos artificiales... No, podía palparla. Tenía una valuable densidad, peso concreto y dimensiones mensurables: la felicidad se llamaba Simo.

—¿Vio? Simo ya es un verdadero atleta. Su adiestramiento ha resultado exitoso. Ejecuta sus pruebas con gusto, responde a todas las señales y goza con los aplausos.

—Superó con creces nuestras expectativas... Podemos contar con él para la próxima temporada.

—Por supuesto. Creo que en dos meses se integrará por completo al grupo.

—¿Disponemos el traslado ahora o prefiere partir después del almuerzo?

—Si usted no tiene inconvenientes en comer fuera de sus horarios habituales, salgamos ya.

El voluminoso caballero que dialogaba con Renata junto al estanque hizo un gesto de conformidad y guardó en sus correspondientes estuches las cámaras con las que me había estado tomando infinidad de poses. Ante su atenta presencia, me había visto yo solicitado por Renata a ejecutar cada una de mis piruetas, a bailar, a saltar hasta entregarle un pescado extraído del aparato de alimentación... En fin, a repetir todas mis pruebas y a jugar

con ella mientras él documentaba fotográfica-
mente las escenas.

Una duda me roía el corazón, tras haber
escuchado fragmentariamente aquella charla: ¿se
habrían referido a mi traslado? ¿Adónde? ¿Por
qué? ¿Acaso me devolverían al mar?

No acertaba a encontrar una sola respues-
ta satisfactoria.

De pronto, aquella mudanza desde mi estanque al mismo camión en el que había sido
transportado, tiempo atrás, hasta la finca de Renata. Ahora que recuerdo, la angustia de esos momentos vuelve a oprimir mi garganta como una
cuerda.

—¿Qué pasa? ¡No entiendo! ¿Qué pasa?
¿Adónde me llevan? Renata, ¿por qué me desalo-
jas de tu casa? ¡Renata!

La mullida camilla en la que me llevaron
hacia el camión atravesó el parque chirriando ruidosamente y trabándose, de tanto en tanto, en las
lajas del caminito de salida.

Una arbitraria sucesión de imágenes se gra-
bó en mis ojos. Singular caleidoscopio en el que se
entremezclaron, vertiginosamente, verdes fragmen-
tos de parque con pedazos de tejas, paredes blancas

con manchones de flores y frutas, rostros extraños observadores de mi marcha hacia el destierro... Y confundido entre ellos, el no menos extraño rostro de Renata, que ni siquiera me otorgaba el derecho de darme una explicación por tan injusto exilio.

Y sin embargo, ella se llamaba igual que el día anterior. El mismo nombre-etiqueta y era otro el contenido. No era la que había sido... Me estremecí. Acaso al día siguiente no sería tampoco ésa que alentaba allí, en la cabina del camión, despreocupadamente sentada entre el conductor y el caballero voluminoso.

El silencio del acoplado en el que yo viajaba me permitió memorizar con fidelidad cada uno de los rasgos de su rostro.

Pero... ¿cuál era su rostro? ¿Lo conocía yo verdaderamente?

Ella había estrenado varios desde el día de nuestro encuentro. Sus caras eran fugaces; inútil tratar de fijar sus rasgos en una fisonomía más o menos permanente. Comprendí que solía lanzar caricaturas de sí misma a cada paso, confundiéndome con una serie incoherente de gestos, perfiles y sonrisas diferentes.

Despellejé mi desazón en claro y absurdo desafío y del dolor que la sabía ahora capaz de causarme, rescaté los instantes en que, hábil titiritera, me había hecho representar a su antojo la comedia de la amistad.

Que me arrojara entonces a la oscuridad de un acoplado.

Que me arrancara de su corazón como de su casa, a la que ingenuamente había considerado también mía. En el laberinto donde yo la había encontrado era inútil buscar el hilo de Ariadna... Pero una certeza acababa de ubicarla en el punto exacto de mis días: la amistad de Renata me pertenecía a pesar suyo porque es cierto, tan cierto como un relámpago estrellándose en alta mar, que nadie a quien se quiere se va nunca.

Yo tampoco era ya el mismo: mi antigua tristeza terminaba de mudar su piel y era otra.

¿Qué nombre habría adoptado la palabra felicidad?

Cuarto
Cuaderno

Capítulo I
Otro lugar, otros delfines

Recorrimos un breve trayecto desde mi primer domicilio en tierra firme, hasta el sitio al que me tenían destinado.

No bien llegamos, dos robustos muchachos con sendas mangueras refrescaron la tela que me cubría parcialmente y aflojaron un poco la correa que me sujetaba a la camilla.

Mientras Renata cumplía con ciertos trámites previos a mi admisión, observé rápidamente aquel lugar desde la incómoda posición en que me hallaba: un enorme estadio. Tribunas dispuestas a la manera de un anfiteatro, en torno de una gran piscina. Guirnaldas y coloridas banderitas uniendo columnas de iluminación. Poderosos reflectores. Llamativos carteles y altavoces que anunciaban:

GRAN SHOW - CARNAVAL ACUÁTICO

LOS DELFINES DE RENATA

PRESENTACIÓN DE LA NUEVA ESTRELLA: SIMO

DEBUT 20 DE...

No quise enterarme de nada más. Cerré los ojos. La verdad era demasiado cruel; no podía soportarla sin hacer reventar mi corazón tal como tantas veces reventara con mis saltos la superficie del agua.

Rosadas arenas del mediodía. Imaginarias arenas que me amortajaban. Mi añorado mar extendiéndose a lo alto, hacia atrás, hacia abajo, hacia delante, en un fantástico recuerdo. ¿Por qué esta traición de Renata? ¿Por qué? "Presentación de la nueva estrella: SIMO..." ¿Por qué? "Debut..." "Los delfines de Renata... Gran Show..." ¿Por qué? ¿POR QUÉ?

"Qué pueril soy... Creer que ella me elegía a mí por mí mismo, tan desinteresadamente como yo a ella...".

Su risa fue un taladro horadando mis oídos.

"Me adiestró para trabajar... Un animal de circo... Eso soy para ella: un animal de circo al que

se lo explota sin piedad, para regocijo de los hombres... Un autómata que le obedece ciegamente... Ah, Renata, ¡qué injusta has sido conmigo... qué desleal...!".

El dolor me castigó el corazón con la furia de una tempestad.[6] Sin embargo, lo acepté en resignado silencio, sin rebelarme.

¿Qué podía hacer? ¿Qué? ¿Qué?

Pero aquella terrible decepción no era la única de ese día. Aún sería sometido a otra más tremenda.

—Listo el papeleo. Por favor, muchachos, trasladen a Simo hasta la pileta.

Renata nos aventajó en la marcha rumbo a la piscina.

A medida que nos aproximábamos, unos silbidos muy diferentes entre sí en cuanto a duración, amplitud, modulación y frecuencia, fueron aumentando en intensidad hasta convencerme de que otros delfines poblaban aquel enorme estanque.

Un joven vestido con traje de hombre-rana se ocupó de librarme de los arreos. Varios más acudieron para retirarme de la camilla.

---

[6] *Nota de la traductora*: Esa vieja teoría que asegura que los animales marinos no experimentan la medida psicológica del dolor queda desmentida una vez más...

Durante un segundo floté en el aire. Mientras caía al agua, vi fugazmente a Renata, arrodillada en el borde del estanque y dando ligeros golpecitos en su pared interior.

Con la misma entonación, con idénticas expresiones de ternura, con análogos recursos sonoros a los que había apelado para atraer mi atención, para ganarse mi confianza y mi afecto, para adiestrarme durante tanto tiempo, Renata llamaba a otros delfines:

—¡Pampa! ¡Kaoli! ¡Tatum! ¡Llegó Simo, su nuevo compañero!

Manteniéndome sumergido a medio metro de la superficie, pude ver cómo tres ágiles delfines respondían a su llamado y se disputaban sus profesionales caricias... En otras circunstancias, ese reencuentro con individuos de mi especie me hubiera causado gran alegría, siquiera por el hecho de volver a oír la lengua delfinesa. Pero en esos momentos me sentía tan hondamente defraudado que, a pesar de ser sociable, no alentaba el menor interés por trabar relación con ese grupo.

Había sido mutilado de mi familia marina. Acababa de perder a mi familia humana, tras creerme integrado a ella. El desarraigo era mi única realidad.

Los tres delfines se dispersaron por el estanque cuando Renata se zambulló, con el propósito de observar nuestro comportamiento.

Seguramente deseaba comprobar si sería o no bienvenido.[7]

Kaoli, Pampa y Tatum me miraban con cierta aprensión, inmóviles, a unos metros del sitio en el que yo me encontraba. Me pareció que los tres batían sus mandíbulas en forma amenazadora, antes de alejarse en hilera, golpeando el agua con sus aletas caudales.

Yo era un intruso.

Renata buceó en derredor de mí. De pronto, me acarició la cabeza y con un gesto típico, me indicó que la siguiera.

Era evidente que deseaba propiciar mi rápida integración al grupo.

Nadó cuatro o cinco metros, hasta que se dio cuenta de que yo no la seguía. Entonces, regresó velozmente a mi lado y repitió la operación: Caricia - Orden - Natación rumbo al grupo. No me moví. La miré alternativamente con el ojo iz-

---

[7] *Nota de la traductora:* La preocupación de Renata estaba fundamentada: el delfín vive en familia, formando parte de un grupo definido que responde a un código jerárquico y a una organización social bien desarrollada. Cada grupo tiene un determinado territorio del que se siente propietario exclusivo y no admite, fácilmente, la intromisión de un delfín extranjero.

quierdo y con el ojo derecho mientras ella giraba a mi alrededor.

Creo que estaba desconcertada ante mi actitud de no reanudar contacto con ella. Era la primera vez que yo no le obedecía.

De pronto, abandonó la piscina. En cinco minutos regresó a mi lado y me ofreció una porción de arenques, en tanto me instaba a seguirla.

Los otros tres delfines merodeaban a escasos metros, atraídos por la presentación de ese menú extra.

Aunque hacía varias horas que yo no probaba bocado, no acepté ese alimento. Mi dignidad había sido herida: ¿cómo no entendía Renata que yo había ejecutado todas las pruebas que ella me enseñara, estimulado únicamente por amistad hacia ella?[8]

---

[8] *Nota de la traductora:* Es cierto, Simo. Los vínculos entre ustedes dos no se encuadraban dentro del clásico sistema de doma de un animal, "recompensa-castigo"... Yo también me pregunto cómo era posible que ella aún no lo entendiera...

Capítulo II
Desolación

Mi hospedaje en la piscina del acuario representó tanto un problema para los otros delfines como para mí. Para Kaoli, Pampa y Tatum porque mi carácter se había tornado retraído, esquivo. No respondía en lo más mínimo a sus paulatinos intentos por entablar relaciones conmigo. Para mí, porque el aislamiento que me había autoimpuesto en un extremo del estanque me deprimía cada vez más.

—Parece que en Simo se ha producido una suerte de regresión... —Renata conversaba con el hombre-rana—. Yo era la causa de su diaria inquietud. No le interesa el contacto conmigo; es más, creo que está incubando rencor hacia mí por haberlo traído a este acuario.

—Es probable. Los asistentes dicen que rechaza gran parte de su alimento y que se muestra inactivo.

—Trataré de insistir para que sacuda su modorra... ¿Crees que existe algún modo de reanudar su adiestramiento en buenos términos? Rehúsa de manera tajante cualquiera de mis intentos de acercamiento.

—También elude la proximidad de los otros delfines... Tendrás que armarte de paciencia, Renata.

Los primeros días de mi forzado trasplante al acuario, añoré como nunca mi universo marino de múltiples apariencias. Invoqué con fuerza la asistencia de Poseidón, el soberano de aquellos vastos dominios del mar, tan poderoso como el elemento natural que lideraba; capaz de provocar la inundación de las tierras con un solo golpe de su tridente sobre la superficie de las aguas.

—Oh, Poseidón, mi señor. Te habla uno de tus súbditos; un delfín a quien tú otorgas la gracia de considerar sagrado desde que uno de sus antepasados raptó y condujo a tu presencia a la bella Anfitrite, de la que te habías enamorado apasionadamente y que luego convertiste en tu esposa... Ayúdame. Dame valor para superar mi melancolía...

Me preguntaba qué sería de mí, desoído en aquel silencio.

¡Cómo hubiera necesitado entonces poder consultar al menos al viejo Proteo, el legendario pastor de focas, que poseía el don de la profecía! O ser consolado por alguna nereida, llevándola a cabalgar sobre mi lomo para que el sol secara sus largos cabellos verdes...

Tatum, Pampa y Kaoli se organizaron por turnos para vigilarme, o tal vez así lo conjeturé dado mi estado de ánimo tan negativo que me inducía a estar a la defensiva. Lo cierto es que sorprendía a Kaoli escudriñándome desde la superficie, durante los ratos que yo pasaba semisumergido. Pampa empezaba a rondarme en cuanto caía el día, facilitado en su tenaz pesquisa por los reflectores empotrados que iluminaban el estanque. Tatum, por su parte, parecía ser el encargado de las "relaciones públicas": rolaba en torno de mí haciéndose el distraído, pero los círculos que describía durante sus desplazamientos se iban estrechando cada vez más, de manera tal que se me aproximaba paulatinamente. Podía percibir el rítmico sonido de su respiración cuando elevaba su cabeza al aire y descomprimía el aventadero.

Por fin, esa total inactividad que me había impuesto me produjo un malestar intolerable. Mis compañeros capitalizaron esa sensación y, sin darme cuenta, me encontré un amanecer charlando con ellos:

Kaoli: —¿Estás enfermo, Simo?

Pampa: —¿Te sucede algo?

Yo: —Y…

Tatum: —No le hagan preguntas ridículas. Es obvio que algo le pasa y creo adivinar qué. No te resignas a vivir en cautiverio, ¿verdad?

Yo: —No… No es eso…

Pampa: —Sin embargo, tendrías que sentirte orgulloso; vas a reemplazar nada menos que a Zeta, el más sensacional acróbata que haya pasado por este acuario.

Yo: —¿Reemplazarlo? ¿Por qué? ¿Dónde está él ahora?

Tatum: —Ya no está… una desgraciada enfermedad…

Yo: —De modo que…

Kaoli: —Sí.

Pampa: —Presumimos que tendrás que ser excelente atleta para que Renata te haya traído aquí siendo tan jovencito…

Tatum: —No creas que es sencillo sustituir un delfín tan admirable como Zeta… De ti depende el éxito del espectáculo de la feria, ¿sabes?

YO: —¿Cómo? ¿De mí?

KAOLI: —Claro. Cuando faltaban pocos días para el debut, nuestro equipo quedó incompleto. Se suspendió el espectáculo.

PAMPA: —Tendrás que ponerte al tanto de nuestros ejercicios en conjunto y sumarte al grupo.

YO: —No sé si podré...

TATUM: —Confíate de una vez. Te aliviará decirnos qué te sucede.

YO: —Renata... Es por ella...

KAOLI: —¿No te trata bien acaso?

PAMPA: —¿Te mezquina el alimento?

YO: —Al contrario... pero...

TATUM: —Ya sé, compañeros. ¿Cómo no lo advertimos antes? Simo está experimentando lo mismo que nosotros cuando llegamos aquí...

PAMPA: —Hace tanto ya...

TATUM: —Te comprendo perfectamente, Simo. Somos algunos años mayores que tú. Recién empiezas a recorrer el duro aprendizaje del amor humano...

KAOLI: —... y te ha decepcionado saber que generalmente es interesado...

PAMPA: —Al menos, en su relación con los animales.

TATUM: —El espíritu de los hombres es diferente al nuestro, Simo. Sin embargo, podemos construir un puente de entendimiento con ellos...

YO: —Un puente demasiado frágil...

PAMPA: —... o muy consistente; depende de nuestra capacidad de dar.

TATUM: —No debes ser intolerante, Simo, ni pretender que Renata sea igual que tú.

YO: —Claro... yo soy un delfín...

KAOLI: —¡Muy distinto del hombre! Los delfines no podemos escribir nuestro nombre, por ejemplo...

PAMPA: —No tenemos televisión... ni computadora...

KAOLI: —No encendemos fuego...

PAMPA: —No comerciamos...

TATUM: —¡Ni fabricamos bombas nucleares! Somos diferentes. Pero ni mejores ni peores que los hombres: sólo diferentes, Simo.

La voz de Renata, entremezclada con la del hombre-rana, interrumpió nuestro coloquio, sobresaltándonos.

—¿Escuchas? ¡Simo está charlando con los otros!

—¡Qué optimista! ¿Cómo sabes que es una conversación?

—Durante los minutos que estuvimos prestándoles atención, no han superpuesto sus silbidos. ¿No lo notaste? Se comunicaron alternativamente, uno después de otro, como si se tratara de preguntas y respuestas.

—¿Un diálogo entre delfines? ¡Qué noticia! ¡Y silbado!

—¿Por qué no? Es muy probable que el delfinés sea una lengua silbada.

—¡Qué fabulista, Renata! ¿Por qué no me traduces lo que han dicho, pequeña Esopo?

—Búrlate nomás. Ya llegará el día en que podamos comunicarnos con ellos mediante el lenguaje.

—No nos conviene. Es seguro que nos recriminarán las jornadas de trabajo no remunerado. ¿Te imaginas un sindicato de delfines decretando huelgas en los acuarios y exigiendo reivindicaciones sociales?

Ambos festejaron la ocurrencia.

Tatum rozó suavemente mi cabeza con sus aletas natatorias. Los otros dos nos invitaron a dar un paseo por el estanque. Antes de lanzarnos a nadar juntos, envolví a Tatum con una cálida mirada de gratitud.

Capítulo III
La fuerza del afecto

— ¿Por qué, Simo? ¿Por qué? Anochecía. La luna se asomaba sobre el acuario con su plato amarillento. Renata se asomaba al estanque con sus dudas.

—Sí, doctor, se alimenta con desgano; no juega con los otros delfines; permanece inactivo la mayor parte del día.

El veterinario se zambulló portando unos aparatitos raros. De inmediato me examinó, mientras Kaoli, Pampa y Tatum oficiaban de espectadores a distancia y Renata hacía las veces de solícita enfermera, con la asistencia al doctor en su tarea.

Más tarde, opinó:

—¿No le decía yo? Su mal no es físico, doctor. Simo está triste, muy triste. De seguir así va a empeorar y... No quiero hacerle más daño.

—Coincido con usted, señorita. Es evidente

que no se adapta al acuario. Lamentablemente, no encuentro una solución, a menos que...

—A menos que lo devuelva al mar, ¿verdad? El único remedio...

Desatino. Automatismo. Cobardía. Capitulación. Desvarío. Torpeza. Conveniencia. Domesticación. Capricho. Conformismo. Delirio. Volubilidad. Complacencia. Adaptación. Servilismo. Entrega. Contemporización. Sosiego. Extravagancia. Alucinación...

Cualquiera de estos sustantivos podría ser aplicado por los hombres para justificar mi comportamiento tras haber escuchado la decisión de Renata, porque la perspectiva de la libertad que me ofrecía no fue más fuerte que mi sentimiento hacia ella.

¡El mar! ¡Yo en el mar nuevamente! Un delfín errante, a solas con mi herencia de abismos azules y antiguas olas. A solas con mi memoria del país de los hombres. Un extranjero.

No fue la razón la que se alzó en mi interior. Animal acorralado frente a su verdad: la dulzura de Renata me estallaba en el pecho, destinada a mí desde el principio de todas las fábulas. Mi corazón despierto. Nada más que entender.

¿Era poco?

¡Era todo!

Debía elegir. Ya.

Y decidí quedarme en su territorio, para verla erguirse en el aire de cada día, con la incuestionable autoridad de su ternura.

Luego circulé velozmente por todo el perímetro de la pileta.

Y eso es lo último que puedo recordar de aquella noche.

—Lo que es mío, es mío; así como lo que es tuyo, no es mío —me dijo Kaoli la mañana siguiente, tras aventajarme en la carrera por la posesión de la pelota que Renata acababa de arrojar al estanque y que yo le disputaba divertido.

—Muy definidas tus nociones sobre la propiedad privada, ¿eh, Kaoli? —comentó Tatum jocosamente—. Te vas a aburrir jugando solo…

La muchacha lanzó entonces otra pelota. Pampa, Tatum y yo nos disparamos en su dirección, cada uno intentando convertirse en dueño de ella por un rato. Sin embargo, al llegar junto a la esfera de colores, nos detuvimos de golpe: Renata nos había gastado una broma. La pelota se hallaba sujeta con un hilo elástico. Apenas tocó el agua cuando volvió a ser izada, sorprendiéndonos a los tres con tan inesperado rebote.

Más tarde, practicamos baloncesto, desfilamos en correcta formación, alternando con rítmicos brincos y ensayamos una nueva danza.

Yo entretuve a mi grupo: ejecutaba al revés algunas órdenes de Renata.

—¡Ajá! ¿Conque travesuras, Simo? La pereza de tantos días sirvió de estímulo para tu humor, ¿no es cierto?

Como si nada hubiera sucedido, la joven reanudó mi adiestramiento con naturalidad. A mis compañeros no les pareció lo mismo:

Pampa: —¡Ah, qué injusticia! A Simo le aumentaron la cantidad de arenques.

Kaoli: —Renata lo seleccionó para las pruebas de mayor lucimiento.

Tatum: —Lo mima más que a nosotros tres juntos.

Afortunadamente, sólo bromeaban. Además, ellos también me trataron con cierta consideración especial durante las primeras semanas de mi "convalecencia"…

Cuando llegó el momento del "autoservicio" en nuestras comidas, me facilitaron el aprendizaje del uso de la máquina de alimentación, indicándome las diferencias que ese aparato tenía con aquel otro que yo había utilizado en la casa de Renata.

—Según lo que me cuentas, éste es más grande y más complicado —me dijo Kaoli—. Pero no te aflijas, te enseñaré su funcionamiento.

—Bah… —agregó Tatum—. Hay más palancas, pero con sólo mirar los colores y apretar luego la verde… ¡PLAC! Tendrás un pescado a tu disposición.

—¿La verde? —me aseguré antes de operar.

Entretanto, ¡PLAC! ¡PLAC! ¡PLAC! Pampa presionaba reiteradamente, intentando aprovisionarse de una docena de sardinas.

—¡Glotón! ¡De a uno por vez! —le gritamos a coro.

Y ¡PLAC! ¡PLAC! ¡PLAC! ¡PLAC! nos dedicamos a paladear nuestro exquisito almuerzo...

Por unos quince días o quizás durante un mes (no puedo precisarlo con exactitud), continuamos la cotidiana ejercitación en conjunto bajo la conducción de Renata.

Alrededor de la piscina, una cuadrilla de obreros especializados trabajaba afanosamente a fin de preparar el acuario para el debut de nuestro grupo. Las tribunas fueron recubiertas con pinturas atractivas; se repusieron las guirnaldas y banderitas deterioradas; hubo reemplazo de luces y se efectuó el ajuste de los reflectores. Por último, la inspección final de cada uno de los elementos que deberíamos usar durante el espectáculo y la prueba del equipo sonoro; el ensayo general ante la regocijada atención de todo el personal del acuario... y la tarde del debut.

Varias horas previas a la iniciación del espectáculo, una verdadera marea humana abarrotó las boleterías del acuario con el propósito de conseguir las mejores ubicaciones en la tribuna. Así lo contaba Renata, excitada por aquello que preveía un gran suceso de temporada.

Pampa, Tatum y Kaoli, contagiados por su excitación, se deslizaban de aquí para allá por el estanque, tan nerviosos como genuinos actores antes de un estreno teatral.

Sólo yo parecía conservar la calma. Una extraña calma. La novedad de representar mi papel de delfín acróbata ante un público que ya presentía muy numeroso, me aplacaba el entusiasmo.

Un estridente toque de clarines, difundido

mediante altoparlantes por todo el estadio, anunció el comienzo del espectáculo.

La aparición de Renata, ruidosamente festejada. Enseguida, un prolongado aplauso saludó nuestra presencia, mientras desfilábamos en hilera al compás de una marcha militar.

De tanto en tanto, la melodía era matizada con el voceo de los vendedores ambulantes que recorrían las tribunas ofreciendo helados, gaseosas, llaveritos y gorras reproduciendo la imagen de un delfín y hasta pequeños muñecos de felpa y flotadores de diversos tamaños, confeccionados de acuerdo con nuestras características físicas.

—¡Deelfinoo! ¡Deelfinoo! ¡El juguete preferido de los niños!

—¡A los llaveritos!

—¡Heelaaadooos!

—¡Pomelo y cola!

—¡A los llaveritos!

—¡Deelfinooo! ¡La alegría infantil! ¡Deelfinooo!

—Y ahora, señoras y señores, ¡los delfines de Renata los asombrarán con extraordinaria habilidad para jugar al básquet!

—Este maravilloso show continúa con un número que, no dudamos, ha de perdurar en vuestra memoria: ¡El vals de las olas!

—¡Damas y caballeros! ¡Los delfines equilibristas!

Los aplausos y el griterío de la gente me aturdieron. Mis compañeros se habían entregado al frenesí de la actuación y gozaban tanto como el público, desentendidos de mis sensaciones. Renata estaba radiante: ¡su carnaval acuático era un éxito rotundo!

—¡Estimados asistentes! ¡Damas, caballeros y niños! ¡Como broche de oro de esta velada inolvidable, Simo, la estrella rutilante de nuestros delfines, ha de deleitarlos con su inigualable talento, danzando para ustedes como solista con el acompañamiento de flauta de su adiestradora! ¡Con ustedes: Simo y Rrrrrenata!

Kaoli, Pampa y Tatum fueron apartados hacia un extremo de la piscina. Una gruesa red a modo de pared tejida me aisló de ellos.

Me sumergí como una saeta, hasta desaparecer de la vista del público. Entretanto, Renata hacía fluir de su instrumento aquel sonido que tantas veces me embelesara.

Por unos segundos me mantuve en el fondo.

—No saldré. No. No voy a salir —me dije, entre mareado y confundido.

El sonido de su flauta... ese desmoronamiento de alas... ese deslumbrante ensueño de anémonas crepitantes... ese rumor de espumas y campanas era algo íntimamente mío, profunda y auténticamente mío. No era posible que también estuviera incluido en el precio de la entrada, que Renata me exigiera venderlo como un número más dentro del programa...

—No, no voy a salir. Me niego.

La música se entremezcló con la silbatina del público, reclamando mi actuación. Un coro de voces atronaba en el acuario:

—¡Simo! ¡Simo! ¡Simo!

No acudí a su llamado. Tampoco me atrajo el insistente do-re-mi-fa-sol-la-si si-la-sol-fa-mi-re-do de Renata, señal con la que acostumbraba interrumpir mi danza y ofrecerme un pescadito como regalo.

La silbatina se acentuó.

De pronto, tomé conciencia de lo que estaba provocando con mi actitud. Una dolorosa furia se desató en mí como una tempestad.

Pensé en Renata, allá arriba, tanto como en mi seguro retorno al mar si persistía mi rebelión.

La agonía de semanas atrás volvió a perfilarse. Algo dentro de mí se partió en dos, como si un rayo rajara de repente un fruto vivo.

Sin ella, las aguas marinas me devorarían los ojos. Ya ciego, la llevaría como un fantasma, asida a mi corazón.

Apreté los párpados.

Sin ella, no habría sino el día acompañando a la noche y la noche sucediendo al día y el día presagiando la noche y la noche...

Tomé impulso ascendente.

Sin ella, monótono derrumbe de olas y el silencio desplomándose en mis sueños.

Hendí el espacio con mi salto vertical. Casi un pájaro unido al aire, como una sombra al cuerpo que la proyecta.

—¡Simo! ¡Simo! —aulló el público.

—Simo... —murmuró Renata, antes de retomar su melodía.

Volví a respirar lenta, hondamente. Y dancé, dancé, dancé, dancé, dancé; dancé olvidado de la gente; dancé como poseído por una energía sobrenatural. Dancé con el alma agonizando. Dancé sólo para ella, mientras que de sus ojos, sostenidamente grises, sus miradas caían al agua prolongándose en líneas rectas hasta casi tocarme.

Una cerrada ovación puso punto final al espectáculo, que desde esa tarde se reiteró diariamente hasta cubrir la temporada.

Un éxito sin precedentes. Pero el rostro alegre de Renata tras cada función era mi más codiciado premio.

CAPÍTULO IV
A MÁS DE DOS AÑOS
DE DISTANCIA DEL MAR

Dos años pasaron ya desde aquel debut en el acuario.

Desde entonces, me he integrado perfectamente al grupo que componen Tatum, Kaoli y Pampa y los cuatro nos consolamos mutuamente, disipando la nostalgia que a veces nos fustiga el corazón cuando recordamos nuestras respectivas bandadas marinas.

Kaoli formó pareja. Su esposa está siendo adiestrada regularmente y creemos que se sumará al equipo acróbata siempre que no anuncie la novedad que esperamos de un momento a otro: el encargo de un delfinito...

Recorremos distintos países de feria en feria y yo salto, juego al baloncesto, realizo cada una de las pruebas y bailo, sólo por seguir viendo feliz a Renata.

Hoy concluyo estas charlas conmigo mismo.

Sé que han sido grabadas en cintas magnetofónicas a través de los micrófonos especiales, instalados en cada uno de los estanques que ocupamos transitoriamente. Renata se muestra muy interesada en escuchar y clasificar los sonidos que emitimos y muchas veces nos sorprende reproduciendo nuestras voces desde su grabador, mientras anota las reacciones que manifestamos al oírnos.

Lamentablemente, estoy seguro de que sólo le parecerán ruidos sin sentido... No se enterará hasta qué punto, cuán desinteresadamente la quiero...

(Y no lo sabrá nunca, nunca...)[9]

En fin; tengo nombre, piel, amigos y sobresaltos.

Por algún lapso más seguiré siendo adolescente. (Aún no cicatrizó mi inocencia y lo celebro).

Acaso el horizonte hacia el que nado sea una línea infestada de tiburones al acecho, o un dique contra el que fatalmente voy a estrellarme. Pero hoy el día es ancho y se parte en deslumbrante contraluz: no todo está en sombras ni tan mal... No todo es chorro de luces ni tan bueno.

---

[9] *Nota de la traductora:* Ahora tu diario está traducido a una lengua humana, Simo. ¿Por qué no creer que llegará a las manos de Renata?

Por eso, elijo la claridad de las azoteas del tiempo, donde el sol me cale hasta los huesos, y sigo creciendo, con cada uno de mis miedos, con tanto asombro a cuestas, con renovadas ganas... mientras dejo un rastro de lágrimas y risas.

Degüello mi soledad. Amo a mi prójimo en sus placeres y fatigas, en sus palacios y escondrijos. Me reconozco puro ángel-demonio como todos. Encuentro una mirada que es mi muelle... y de golpe siento que ésa es la paz, mi paz, y que estoy vivo.[10]

---

[10] *Nota de la traductora:* Estos cuadernos se tradujeron en La Falda (Córdoba), durante el mes de enero de 1974.

BIBLIOGRAFÍA QUE PUEDES CONSULTAR, TAL COMO LO HICE YO, PARA CONSTATAR LA VERACIDAD DE LOS CUADERNOS DE SIMO

ANIMAL WORLD SERIES: *Dolphins, seals and other mamals*, New York, Collins.

ASUNO KAGAKU GIJUTU: "El lenguaje del delfín". En *Akoku Nippoo*, Buenos Aires, 20 de noviembre de 1973.

DISNEY, WALT: *Maravillas del mar*, España, Gaisa.

ENCICLOPEDIA DE LOS ANIMALES: *Los delfínidos*, v. III, fascículo 59, Buenos Aires, abril de 1971.

FERNÁNDEZ DE LEÓN, GONZALO: *Enciclopedia de las religiones. Mitología y leyendas*, t. II, Buenos Aires, Amauta, 1963.

FOCAS, DELFINES Y BALLENAS: *Los delfínidos*, álbum Nº 4, Buenos Aires, Anesa.

FREDERIK, ROBERT: *Naturalia. Enciclopedia Ecológica de las Ciencias Naturales*, t. I y II, Madrid, Codex, 1965.

LEWIS, DAVID: "Girl loves dolphin, dolphin loves girl". En *The Buenos Aires Herald*, 8/9 de diciembre de 1973.

LILLY, JOHN C.: *Delphin-ein Geschöpf des 5. Tages?*, München, Winkler, 1969.

MASCIALINO, LORENZO N.: "Los delfines en las literaturas clásicas". Conferencia dictada en el Departamento de Lengua y Literatura Clásica de la Facultad de Filosofía y Letras de la Universidad de Buenos Aires, 5 de octubre de 1973.

MERLE, ROBERT: *Un animal dotado de razón*, Madrid, Aguilar, 1971.

OMMANNEY, F. D.: *Los peces*, Nederland, Time-life International, 1968.

RAY, CARLETON: "Three Whales That Flew". En *National Geographic Magazine*, vol. 121, N°3, Washington, marzo de 1962.

RIBERA, ANTONIO: *La exploración submarina*, Barcelona, Labor, 1973.

SEEMANN, OTTO: *Mitología clásica ilustrada*, Barcelona, Vergara, 1960.

SELECCIONES DEL READER'S DIGEST: "Maravillas y misterios del mundo animal", Ciudad de México Reader's Digest, 1965.

VIDA ANIMAL: *El delfín*, vol. III, fascículo N° 37, São Paulo, abril de 1973.

ELSA BORNEMANN

Nació en Buenos Aires. Es Profesora en Letras (Universidad Nacional de Buenos Aires).

Escribe libros para niños y jóvenes desde hace treinta años, y también ha compuesto canciones, novelas y piezas teatrales. Algunas de sus obras han sido publicadas en varios países de América Latina y de Europa, en los Estados Unidos, Israel y Japón. Ha recibido muchos premios nacionales e internacionales.

Entre sus libros publicados se encuentran: *A la luna en punto*, *El espejo distraído*, *Los desmaravilladores*, *Un elefante ocupa mucho espacio*, *Cuentos a salto de canguro*, *El último mago o Bilembambudín*, *El niño envuelto*, *Tinke- Tinke*, *No somos irrompibles*, *Disparatario*, *Lisa de los paraguas*, *¡Nada de tucanes!*, *Los grendelines*, *¡Socorro!*, *La edad del pavo*, *Sol de noche*, *A la luna en punto*, *Socorro Diez*, *Queridos monstruos*, *Corazonadas*, *No hagan olas* y *Amorcitos sub-14*.

ÍNDICE

ESTA CUARTA REIMPRESIÓN SE TERMINÓ DE IMPRIMIR EN EL MES DE ENERO DE 2008EN LITOGRÁFICA INGRAMEX, S.A. DE C. V, CENTENO 162, COL. GRANJAS ESMERALDA, DELEGACIÓN IZTAPALAPA, C. P. 09810, MÉXICO, D. F.